꽃에 따른 딸

낮에 뜨는 달 · 1

만화 혜윰

arte POP

나는 여기 고여 있는데

너는 한없이   흘러가는구나.

강영화!
그러다
강의 늦겠다!

준비 다 했어,
이제 나가!

아직 시간 괜찮다는데
왜 이렇게 잔소리야!

쿵쿵

네가 알아서 잘 해 봐라,
내가 잔소리를 하나!

달칵

안 늦었거든!

턱!

01
서시

담임 교사가
이 병원을 요청해서
이리로 왔는데….

내가 그 학생의
주치의일세.
응급 처치는
어떻게 됐나?

조치는 제때 했는데
상태가 안 좋습니다.

아….

선천적으로
심장이 안 좋은
학생이야.

제세동기
준비하게, 어서!

네!

19

병원에서 뛰시면
안 됩니다!

주⋯ 준오,
준오야⋯.

젠장!
제세동기
빨리
가져와!

하나,
둘, 셋!

나는 내물왕의
7세손이요
구리지의 아들,
화랑 사다함이다!

왕께서 내게
너희 대가야를
정벌케 하셨으니

순순히
투항하는 자는
백성으로
받아들여
보살필 것이요,

도설지를
따르는 자는

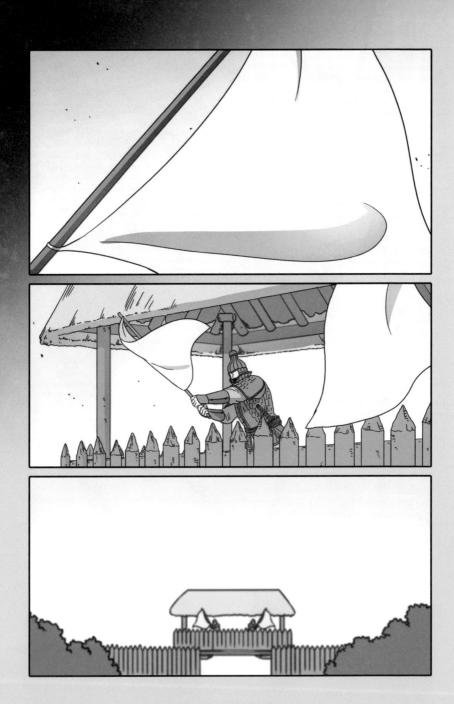

마침내 병부령 이사부가
군사를 이끌고 나라를 멸했다.

그렇게 갈 줄 누가 알았겠니.

몸이 안 좋은 줄도 몰랐어.

친하지 않았으니까….

아무런 실감도 나지 않아서 지금 당장이라도

살아 돌아올 것만
같은데….

털컹…

준오야?

지금 저쪽에서
무슨 소리
들리지 않았니?

으흑, 으흑…

…유리 치울게요.

스…

덜컹!

엄마 제발….

02
기점에서

한준오.

경덕 고등학교
2학년 재학 중.

다가구 주택이 즐비한
우리 동네에서 유일한
단독 주택 거주자.

엄마와 형으로 이루어진
3인 가족에,

형인 민오와는
여섯 살 터울.

….

!

그리고 보니
이제 중간고사
끝났다며?

수학1 김명욱 선생님
아직 계시지?
그분 시험 문제 너무
어렵게 내시지 않아?

네?

범위도 애매하게
짚어 주시고….

좀….

수업은 재밌게
하시는데….
준오 너도 명욱 쌤
수업 들어?

…그리고

아뇨.

아….

알고 지낸 지가
몇 년인데, 아직도
어색하네….

…무지 친해지기 어려운
성격이라는 것.

준오가 죽기 전
내가 그 애에 대해
알고 있던 것들이다.

애!
영화야!

강영화!
너 지금
한가하지!

응? 과제 하고
있는데?

준오 옷인데,
병원에 좀
갖다 줘라.

어차피 시킬 거
한가한지는
왜 물어본대?

근데 준오
옷은 왜?

오늘 준오 퇴원 수속
밟는다더구나.

벌써
그렇게 됐구나.

민오도
지금 병원에
있으려나?

음….

빙글 →

다른 거
입을 옷 없나?

안 가?!
민오 엄마
기다리겠다!

뒤적

뒤적…

소송이라니요!

안 될 이유라도
있나요?

의료 사고가 아닌데
그걸로 어떻게
소송을 겁니까!

여보세요,
그쪽 진단 미스 때문에
죽지도 않은 내 아들을
화장할 뻔했어요.

멀쩡히
살아 있는 애를
관에
넣었다고요!

55

그 애 상태를 보고도 아무런 가책도 못 느끼시나요?

깨어난 이후로 말 한마디는커녕 그저 앉아 있기만 하는데!

더 대화해도 소용없을 것 같네요. 돌아가겠습니다.

휙

호흡도 심박도 멈췄고, 뇌파 반응도 없었어요!

사모님도 보셨잖습니까?

타닥

이건 의료 사고가 아닙니다!

댁의 아드님은 완전히 죽었다 다시 깨어난 거란 말입니다!

심부름 온 거야?

응, 엄마가 준오 옷 갖다 주래서….

퇴원 수속은 다 밟았어?

지금 엄마가 원무과 가 계셔.

아.

준오야. 몸은 좀 괜찮아?

저 녀석 말을 잘…

종연…

누나…

！

입원이 안 길어서 다행이네.

영화 누나.

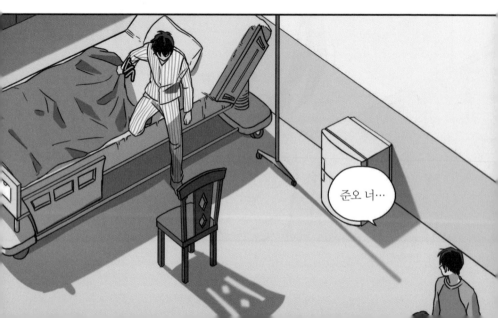

준오 너…

정신적 충격이 커서
살짝 맛이 갔거나, 병실이
너무 심심했거나.

야, 넌
무슨 말을…,

그것도
아니면…,

널
좋아하는 거지!

이번 일을 계기로
용기가 생겼거나~.

걔랑 나랑
나이 차이가
얼만데.

여섯 살 차이면
대단지도 않지, 뭐.

옷 입은 거 보면
너도 영락없이
고딩이구만.

뭐라고…

하기야
민오 동생이니까
좀 신경 쓰이려나?

민오랑은
아무 상관없…

…지 않나?
혹시
이상하게
오해하려나?

크크

크크

생각을
해 봐라.

동생 아프다고
2주째 두문불출하는
놈인데
만에 하나 동생이
널 좋아한다고
생각하면…

미안!
동생이 좋아하는
사람하곤 도저히….

…무슨
말도 안 되는
소릴….

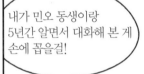

내가 민오 동생이랑
5년간 알면서 대화해 본 게
손에 꼽을걸!

어?
가려고?

탕탕

이따 윤주 언니가
저녁 쏜댔는데.

민오한테 들렀다
알바 가려고.

하이고!
그 정성으로
사귀자고나 하지.

나도 타이밍 재고 있는 거야! 네가 말한 대로….

지금 민오는 가족 일 말고는 염두에도 없으니까….

야! 한준오! 문 열어!

너 대체 안에서 뭐 하는 거야?

밥 먹고 약 먹으라니까 안 내려올 거야?!

쾅쾅 쾅

너 진짜!

애, 민오야!

그냥 둬라!

박사님께 여쭤 보니까

일단 안정을 취하도록 두는 게 더 나을 거라네.

이대로 어떻게 둬! 퇴원하고 나서 방에서 나오지도 않는데!

아무렴 계속 방에 있지는 않겠지….

자극했다가 또 어디 아프기라도 하면 어째. 나중에 엄마가 잘 달래서 상담이라도 받으러 가 볼 테니까.

응?

하아…,
알았어요.

내려가요.
그럼.

내가 갖다 줄 테니까
엄마 좀 누워 있어.

대답 안 한다고
윽박지르지 말고

사근사근
잘 말해 줘.

네네.

탁!

준오…

그렇잖아도
지금 네 밥…

너 그렇게
뛰어도 괜찮은
거야?

야!

타닥

준오야?

누나!

나 만나러 온 거야?

잉?

아직 벨도 안 눌렀는데?

어? 민오한테 볼일 있어서….

어디 갔었어?

안 그래도 누나 찾으러 나가려던 참이었는데.

…나를 왜?

내가 누날 보고 싶어 하는 데 이유가 필요해?

당연히 필요하지!

서뎍…

하하…

…

…어제도
이상하더라니.

너네 언제 그렇게
친해진 거야?

민오야!

친하다니
뭔 소리람….

네가 부탁한
강의 노트
갖고 왔어!

알아보게 정리하느라
손목 떨어지는 줄
알았다, 야.

그거 때문에
온 거야?

그럼!

74

나 만한 친구 없지?

….

나중에 천천히 줘도 되는데….

서 있지 말고 들어왔다 가.

아직 알바 가려면 시간 남았지?

아, 네! 실례합니다.

누나.

탁

오늘도 금방 갈 거 아니지? 나랑 잠깐 같이 있다가 가.

잠깐 들른 거라 금방 가야 되는데….

알바도 가야 하고.

자박—…

영화야.

나랑
애기 좀 하자.

만에 하나
동생이 널
좋아한다고
생각하면…

미안.

설마 또…?

무, 무슨 애긴데?
뜸 들이지 말고
말해 봐…

그게,

여기서 말하긴 좀 그렇고.

일단 내 방으로 가자.

지금…

준오 눈치 본 거 맞지?

완전 신경 쓰여…!

하여튼 이게 다 임나연 이 지지배 때문이야!

괜히 쓸데없는 소리나 해서….

그럼 나도

누나랑 같이…

둘이 얘기하게 넌 내려온 김에 죽이라도 좀 먹어.

!

그러는 게 좋겠다! 이따 보자!

그래.

너무 들러붙지
말란 말이야.

…

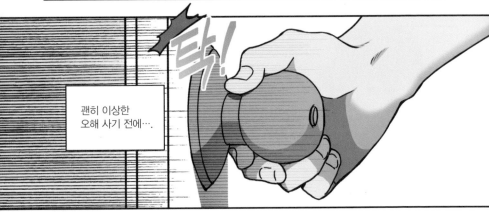

괜히 이상한
오해 사기 전에….

탁!

…미안하다.

....

준오가...

꿀꺽..

좀 너한테
이상하게
구는 것
같아서.

안 그래도
요새 신세
많이 졌는데

끙.. 준오까지...

뭐야,

그거 때문에
사과하는 거야?

난 또 다른 거
때문인 줄...

후..

미안.

난 아직…

다른 일? 내가 뭐 잘못한 거 있어?

아니! 없어!

어쨌든 그런 거 신경 쓰지 마.

별 대단한 것도 아닌데.

부담스럽기는 하지만….

건강해 보여서 좋네, 뭐.

빙긋

어떻게 보면 예전보다 훨씬 밝아진 거 같기도 하고….

달칵

…어?

왠지 좀….

사실
그게….

이상한걸…!

준오…,
어제도 오늘도
너 없을 땐 한마디도
안 했어.

죽 쑬 때
소금은 조금만
넣었는데
입에 맞을지
모르겠네.

먹을 만하니?

싱거우면 말해.
간 맞춰 줄게.

...

...민오한테
들었다.

어제도
영화 왔을 때는
말했다면서?

어디 또
안 좋은 거야?

재검사했을 땐
별문제 없다고
나왔었는데…

정신적 충격이
원인일 수도
있다더라고.

엄마가 조만간
병원에서 상담이라도
받아 보신다더라.

…그래서
말인데, 그…

준오 때문에
사과해 놓고 할 말은
아니지만,

내 동생이 너한텐
거부감을 안 가지는
것 같거든….

혹시 준오 좀
달래 줄 수 있어?

말을 안 하면
상담이 안 되니까,
말문이라도 트였으면
해서….

우물쭈물

불편하면
거절해도 되고….

아냐, 좋아.

대신 나
영화 보여 주면!

그 정돈 당연히 해야지!
너한테 빚진 게 얼만데!

정말?

너 그거
약속한 거다!

까먹으면
안 돼!

절대
안 까먹어!

툭!

언제든 말만 해.

영화도 보여 주고
밥도 먹여 주고 뭐든
다 해 줄 테니까.

완전 대박…!

들러붙지 말랬던 거
취소다, 취소!

으…
흑…

들썩

들썩

타악…

!

휙

다 먹었어?
하루 종일 못 먹어서
배 많이 고팠지?

약도 챙겨 먹고
올라가.

컵 옆에
약봉지 있어.

…

그럼 저흰 거실에 가 있을게요.

너도 참, 오랜만에 만난 건데 영화랑 가서 얘기나 하지.

괜찮아. 내가 준오랑 얘기 좀 해 달라고 했어.

잘 달래 달라고.

그러니까 신경 쓰지 말고 엄마도 들어가서 쉬어요.

애들한테 사과라도 좀 깎아 주지 뭐.

응…?

이제 누나랑 둘이
조용히 있을 시간이
생겼네.

으응….

드디어…!

잠시만
비켜 봐 봐.

뭐 찾아요?

과도가…
여기도 없네.

여기 말고 저기
식탁 위에 있…

었는데….

어라?

거긴 벌써
찾아봤지.

하…하하.

하하.

아하하하…
안 앉아?

나랑 같이
앉고 싶어?

그럴 리가.

…

…아, 달래
주라고 했지!

이속...

편한 대로 해,
편한 대로….

앉고 싶으면 앉고
서 있고 싶음 서 있고.

아…, 뭐라고
하려니 민망하네.

내 동생도
아닌데….

으으음….

스윽

다 널 걱정해서
그러는 거니까….
좋은 형이잖아.

혹시 뭐 힘든 일
있으면 나도
도와줄 테니까.

어쩔…

그러니까…

가족들하고
말 안 하고
그러진 마.

어색해
죽겠네….

꿍

…아.
리모컨이
여기 있네.
TV 보자, TV!

툭

휙

요즘 이 시간에
볼 만한 거 있니?
난 요즘 잘 못 봐서….

필시 화를 불러올 계집입니다.

너무 나쁘게
생각지 마세요.

모두 다 나으리를
염려하는 거랍니다.

후일을 생각해서라도
반드시 내치셔야 합니다.

그게 안 된다면
지우셔야 할 겁니다.

좋은 사람들을
곁에 두신 거예요.

…

몸….

몸이다….

아직 몸이
있어.

그런데
왜…?

왜 끝내지 못한 거지?

내가 뭔가

민오

? 그게 왜 니 잘못이야

그냥 준오가 몸이 안 좋아서 그런 거

신경쓰지 마

…♥

…♡

흑… 으…

우리 준오
불쌍해서
어떡해…

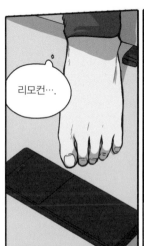

리모컨….

아까 떨어뜨렸나
보네.

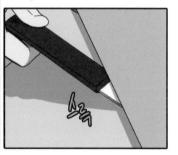

스윽

이게 왜
여기에….

03
이유

아이, 예쁘다.

언니가
미미 머리 묶어
줄게요~.

응?

툭..

리본….

두리번

두리번

엄마….

미미 리본
거울 앞에
있어요.

엄마아!

562년 가을

서라벌

저들이야?

네가
풀어 주었다는
가야인들이?

푸욱

팍

그래.

참 대단하군.
가끔 네 배짱은
따라가기가
힘들다니까.

노친네들 후환을
어쩌려고.

?

땅을 빼앗은 내가 빼앗긴 자들을 노비 삼고 싶지 않았을 뿐이야.

대단한 일도 아닐 뿐더러 문제되지도 않을 거야.

그만 가자, 무관.

잠깐 인사라도 하고 가지?

재밌을 거 같은데~.

어이쿠!

미안! 안 다쳤지?

야!

의리 없이 혼자 가냐!

같이 가,
사다함!

사다함?

쾅!

포로를 다
해방시켜
주었다니요!

애석하게도 그리되었소.

포상으로 받은 땅은 병사들에게 베풀고, 포로들은 알천의 불모지에 터를 지어 살게 했더이다.

이 대체 무슨 일인지….

병부령께선 그걸 지켜만 보셨습니까!

사다함이 왕께 아뢰어 스스로 윤허받은 일을 내가 무슨 자격으로 말리겠소?

백성들 사이에서는 사다함의 인덕을 기리는 칭송이 자자한데,

다들 어찌 이리 못마땅해하시는지 까닭을 모르겠습니다.

대가야 왕족들은 괜히 북으로 쫓아냈답니까?

그들은 역적이오!

역적들을 무리 지어 살도록 허락한다니 말도 안 되는 일이지!

그건 정벌을 위한 구색일 뿐, 포로들은 일개 백성들이오.

역적이라기엔 어폐가 있소만.

117

대가야인들은 정치욕이 없고 분란을 싫어하는 성미요. 이 상황에서 몇 백 풀어 준다 한들 큰 문제는….

무리를 지으면 세력이 생기기 마련.

삼십 년 전 금관가야 왕족들을 받아 주었더니 지금 어찌 되었소?

반쪽도 안 되는 핏줄로 진짜 진골인 양 으스대며 왕성을 드나들고 있소!

지금 이 일을 눈감아 주었다가 또 삼십 년 뒤에는 어찌 변할지 누가 압니까!

웅성

웅성

…하면,

이미 풀어 준 포로들을 다시 잡아들일 수도 없는 노릇인데

이찬께서는 이 일을 어찌하실 생각입니까?

파진찬.

파진찬께서 사다함과
우애가 돈독하시니,

사다함을
잘 달래어 일을
도모해 주셨으면
하오.

가야인들을
다시 잡아들이지는
못하더라도…

와해시켜
흩어지게 할 수는
있을 것 아니오?

119

이찬의 뜻이 강경하구나.

도하 네가 고생이 많겠다. 일이 번거롭게 됐어.

탁…

어르신.

가급적 사다함은 끌어들이지 말고 조용히 처리하도록 하거라.

압니다. 사다함이 가야인들을 배척하는 일에 동조할 리가 없죠.

그 아이는 군자로서는 귀감이지만

정치인의 그릇은 되지 못하니까요.

애! 영화야!
이거 찾았다!

뭐야? 이거.

너 어릴 때
스님한테 받아 온
부적!

내가 부적을 갖고
다녔다고…?

기억 안 나니?
거울만 보면 경기해서
엄마가 받아 왔던 거.

아무튼 그게 중요한 건 아니고,
요새 자꾸 가위눌린다면서!
이거 어디다 넣어서 몸에 딱
붙이고 다녀!

아, 엄마!
나 이런 거 안 믿어!

스님이 부적 써 주고
그런 거 다 사이비랬어!

얘가 엄말
뭐로 보고!

이상한 데서
써 온 거
아니야!

유명한 스님이

몰라, 몰라! 몰라, 몰라!

돈 준 것도 아니고 그때 네가 많이 안 좋아서

아으아으아으 으아으아으아!

집에 두면 가정이 평안하고 몸에 지니면 악한 것으로부터 몸을 지킬 수 있고…

아, 드라이기!

야, 이 지지배야!

하여간 엄마 속도 모르고…!

지가 용 써 봐야 내 손바닥 안이지!

아직 말
안 하는 거 아냐?
학교 가도 돼?

불안하긴 한데
학교는 보내야지.

그래도 그냥 한동안
푹 쉬는 게 나을 거
같은데….

무슨 얘기해?

나한텐
인사 안 해 줘?

안녕…

슬슬 가자,
강의 늦겠다.
준오 너 무슨 일
있으면
연락하고.

아.

학교 잘 다녀와.

딱

잠깐만,

지금 그 느낌,

분명 그때도⋯!

어?

민오 형한테
문자 왔었네.

뭐래?

준오 오늘 학교 온다고.
아직 상태 안 좋으니까
신경 좀 써 달라는데?

호랑이도
제 말 하면
온다더니….

엉?

저기 저기.

훅

준오!

왜 그래?
전화 안 받아?

어, 어어.

여보세요.
어, 준오야…

그래, 갖다 줄게.
학교 앞 사거리에서
보자.

뭐야! 준오가
전화한 거야?

…어.

노트 하나 두고 갔대서
집에 좀 갔다 와야겠다.
먼저 가고 있어.

그래, 그럼!
이따 강의실에서
봐!

금방 갈게!

응!

준오 너…
여긴 어떻게….

어떻게 이리로
왔냐고?

나도 몰라,
그런 거.

어떻게 된 조화인지
다 기억이 나더라고.

단 한 번도
직접 본 적
없는 길인데.

함칫

여기도.

쩌벅

그 집도.

그놈의 민오, 민오….

동생이 아니라
형 쪽이 죽었으면

일이 좀 쉬웠을
텐데 말이야.

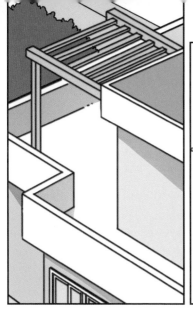

집엔 언제 왔….

…

잘못 봤나?

솔직히 말해.

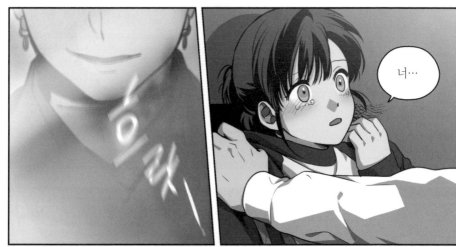

너…

준오
맞니…?

생각보다
빨리 도착하겠네.

영화는 버스 탔나
전화해 볼까?

!

민오
벨소리…!

이게 또…!

안 돼…!

…?

뭐지…?

가… 가까이
오지 마!

저리 가!

너 뭐야….
갑자기 나한테
왜 이러는 거야!

내가 뭘
어쨌다고…!

너 지금 이러는 거
많이 아픈 거야.
문제 있는 거라고!

이럴 때가 아니라 병원을 가든가, 아줌마한테 말씀을 드려서…

말해.

말해도 상관없어. 난 누나만 있으면 되니까.

그런데 만약에…

정말이지 너무 오래 기다렸어….

만약에 정말 준오가 아니라면….

더 이상 지체하고 싶지 않아.

기억 안 나니?
거울만 보면
경기해서….

날 도와줘.

내가 천도할 수
있도록.

도현아.

송도현!

민오 형…

학교엔
웬일로 왔어?

준오가 노트
갖다 달래서….
그런데 이놈이
전화를 안 받네.

준오는?

아직
안 왔는데?

…아직?

어, 근데 이거 오늘 수업 노트 아닌데?

갖다 달라고 한 건 그게 맞는데….

이 자식은 대체 어디 있길래 심부름 시켜 놓고 학교도 아직 안 온 거야?

저벅

설마 길이라도 잃어버렸나…?

형!

…노트 도현이한테 맡겨 놨어.

고마워. 강의 잘 듣고 와.

준오, 너…

혹시 아까 집에 들렀었냐?

…아니.

…얼굴 보고도 멀쩡하게 얘기하잖아?

이제 괜찮아진 건가?

…이렇게 갑자기?

이제
금방이야.

…도와줄게.

네가 이상하게
굴지 않고
제대로
치료받는다면

뭐든
도와줄
테니까…!

그 여자만
죽일 수 있다면….

04
납득

뭐야, 웬 노트?

몰라, 준오가
부탁했다네.
오늘 과목도
아닌데.

끼익…

간만에 학교 오니까
정신이 없나….

오!

두리번

야, 한준오!

왜 이렇게 늦었냐,
인마!

타닥

이제 몸은 좀 괜찮냐!

퇴원하고 연락도 안 하고. 우리 얼굴 다 까먹은 거 아님?

…아냐. 잊을 리가 없지.

다 기억하고 말고.

누구야. 저거…?

학교도 집도 가기 싫다.

까락

까락

얼굴이랑 옷은 엉망이고,
집엔 아무도 없을 시간이고….

나연이라도
부를까…?

뭐, 뭐야!
놀래…

민오

수신중…

라….

메시지 입력 / 받은 메시지 확인

민오야!

확

…이제야
전화를 받네.

아깐 왜
안 받았던 거야?

아무도 전화를 안 받길래
내 폰 고장 났나 했다.

지금 어디야?
버스 탔어?

아, 그게….
나 갑자기 몸이
안 좋아져서
오늘 강의
안 들어가려고.

어딘데?
집이야?

멈칫—

아니, 잠깐
카페 들렀어.

너 맨날 가던 카페? 그리로 갈까?

아, 아니! 오게?! 왜?

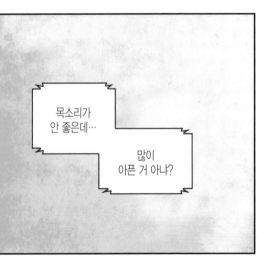

목소리가 안 좋은데…

많이 아픈 거 아냐?

약이라도 사다 줄게.

…

아냐, 오지 마. 약 사 먹었어.

무슨 일 있었냐고 물으면 대답할 말도 없고….

동생 심부름하고 내 심부름하고, 남 뒤치다꺼리하다가 너 오전 강의 못 들어가겠다….

x

156

알았어.
그럼 나중에 보자.

이미
다 왔지만….

오지 말랬는데
굳이 들어가는 건
좀 그렇지….

멈칫…

덜컹

뭐야,
왜 저러고
있어?!

아냐. 오지 마.

…

으….

조심해서
들어가고,
도착하면
연락해.

하여간
오지랖은….

째잉—♥

아까
있었던 일…,

민오한테
말하는 게
좋으려나.

그리고 보니
그건 대체 뭐였지?

휴대폰에 무슨
장치가 있을 리도 없고….

달칵—

집에 두면 가정이
평안하고,

몸에 지니면
악한 것으로부터
몸을 지킬 수 있고….

똑똑

누나.

영화 누나,
지금 집에 있어?

…아무도 없나.

준오 너
여기서 뭐 하니?

어?

…

이제 오니?

어서 와, 누나.

잠깐...

얘 왜 여기 있어?!

네가 뭐 도와주기로 했다며? 금방 올 거 같아서 기다리라고 했지.

엄마아아....

잠깐! 너 옷이 왜 이래?

방에 들어가서 얘기하자, 방에!

옷이 왜 그러냐니까!

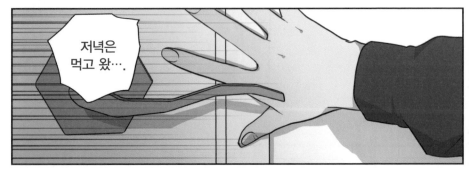

저녁은 먹고 왔...

너…

왜 그런 표정으로 봐?

이상하게 안 굴면 뭐든 도와준다고 했잖아! 집에는 왜 찾아온 거야?

허튼짓하면 나도 이제 가만히 안 있어!

아무 짓도 안 해. 그보다…

안 버렸네, 그거.

내가 이걸 왜 버려?

날 도와준다며.

널 도와주려면 이걸 버려야 하는 거야? 왜?!

왜냐니, 그야….

...

그러게, 내가 너무 충동적이었지.

멍청했어.

웬 동문서답…? 지금 대답 피한 거야?

…어쨌든,

난 네가 제대로 치료를 받으면 도와주겠다고 한 거야. 오늘은 이만 돌아가!

그리고 이렇게 우리 집에 찾아오고… 엄마랑 만나고 그러지 마!

내가 해코지라도 할까 봐?

잠깐 얼굴 보러 온 거니까 오늘은 그냥 가도 상관없지만…,

우리 '형'이랑 '엄마'한텐
그런 걱정이 안 드나 봐.

준오는
그런 짓 안 해….

난 본인이 아니라서.

네가 뭐라든
준오는
그런 짓 안 해!

난 네가 준오니까
도와주겠다고 한 거야.
준오는 절대 그런 짓
안 해!

어지간히
형이 걱정되나 봐.

몇 년 전에
거절당하고
여기서 엄청
울었으면서.

…!

…

미안.
난 아직 누구를
사귈 생각이
없거든….

동생도 이제 중학생이고
집에 신경 쓸 일도
많아서,

그 외에는 그냥
공부만 신경 쓰고 싶어.

네가 싫은 건 아닌데…,
진짜 미안.

아, 아니,
뭘 그렇게
미안해하고
그래!

그냥 그런 것도 괜찮겠다
한 거지 진지하게 말한 거
아니니까 마음 쓰지 마.

아…, 그래?

그래, 괜찮다니까!

하나도…

안 괜찮아.

그때 이 방에 나도 있었거든.

누나가 날 잘 도와준다면 아무 일도 없을 거야.

너… 지금 협박하는 거니?

그럼 이만 가 볼게. 누난 내가 여기 있는 걸 싫어하는 것 같으니까.

말칵

내가 뭘 어떻게 도와야 네가 천도할 수 있는 건데!

지금 당장이라도 내 손에 죽어 주면 돼.

하지만 지금은 방해하는 게 있으니까….

나… 내가 왜 죽었는지 알고 싶어.

네가 죽은 이유를 내가 어떻게 찾아?

글쎄? 그건 누나가 알아서 찾아야지.

나한테
뭘 어쩌라고…!

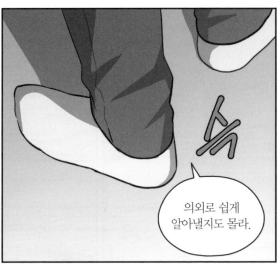

의외로 쉽게
알아낼지도 몰라.

누난 내
아내였으니까.

이건 또 무슨
말도 안 되는 소리야?

그 헛소릴 듣고
여기까지 오다니
미쳤어!

바싹

나도
제정신이 아냐.

'형'이랑
'엄마'한텐 그런
걱정이 안 드나
봐.

하지만 혹시
모르니까….

글쩍…

아, 힘들어 죽겠네!

깜짝!

이 지지배는
모처럼 휴일에
산에 올라가자고
난리야.

헉헉

다 왔어.

인기척이 없는데
누가 있긴 한가?
이 절…

아마…
있을걸?

저기요!
누구 없어요?

여기요~!

자박

뉘십니까?

!

안녕하세요, 저
이 부적을 써 주신 스님을
뵈러 왔는데요.

수

여기 계신 거
맞나요?

이리 드십시오.

드르릉

....

얍!

으악!

아오…,
임의찬 죽을래?!

준오 뒤통수
뚫어지겠다.
뭘 그렇게 봐?

그냥 좀…
신경 쓰여서….

너 설마….

175

준오한테 그렇고 그런….

아…, 이 새끼 진짜 쳤어….

어쨌든 한준오 저거,

아예 딴사람인 거 같지 않냐?

그렇게까진 아닌 거 같은데.

그러지 말고 확인해 보지 않을래?

진짜 준오인지 아닌지.

지겨워….
왜 이런 행세나 하고
있어야 하는 거지….

그냥 그 여자를
죽이고 다 끝내 버리면….

턱…

준오야!

이제 학교
나온다는 거
정말이었구나.
퇴원 축하해!

윤… 이슬?

뭐야,
잘 모르는 사람처럼!

퇴원했으면 말이라도
좀 해 주지.
전혀 몰랐잖아.

어라…?

준오야,
퇴원 축하해!

이슬이가
네 걱정 많이
했어.

저것들은 또
뭐야?

어우….

그럼
가 볼게.

CA 시간에 봐!

설마…

야, 잘 봐라.
저거 보이냐?

저게 준오가 아니면 뭔데?
장례식 때 발딱 일어나는 것도
봤으면서.

피곤하면
헛것 보인다더니
그거 아니야?

그런 거랑 달라!

확인해 보자!

스님께서 쓰신 거라면, 이게 무슨 부적인지 알 수 있을까요?

그 부적은 불제자가 아닌 무당으로서 쓴 것입니다. 무슨 일로 찾으셨습니까?

속

바스락…

보명호신부로군요. 악귀나 병귀를 쫓는 용도로 쓰는 부적입니다.

악귀…?

사람한테 듣는 경우는 없나요? 제정신이 아닐 때라든지.

그럴 일은 없습니다.

…

혹시 이 부적, 아가씨께서 어릴 때 받으신 거라면….

그때의 그….

볼일 다 봤어?
무슨 얘기했는데?

…

영화야?

야….

업보입니다.

아가씨의 업보가 아가씨의
뒤를 쫓는 겁니다.

내가 왜 죽었는지
알고 싶어.

누난 내
아내였으니까….

혹시 그 죽은 이유라는 게
나랑 상관있는 거야?

아가씨.

제가 크게 도와드릴 수
있는 건 없지만,
한 가지만 명심하십시오.

영적인 것은
심상에 크게 영향을
받습니다.
두려워할수록
영향받기
쉬워지지요.

매사에 마음가짐을
단단히 하십시오.

부적 또한
심상의 매개체이니,
어떻게 마음먹느냐에 따라
그 효용이 크게
달라질 것입니다.

복숭아
나뭇가지!

이런 걸로 돼?

복숭아 나뭇가지는
부정한 걸 쫓는 힘이
있다…더라.

나뭇가지 꺾은 걸 알면
쌤들한테 우리 모가지가
먼저 쫓겨날 것 같은데.
그래서 이걸로 뭘 어쩌게?

때려 보면
되지 않을까?

때려…?
죽다 살아난 애를…?

살살 칠 거야,
살살!

아,
일어났다!

몸 상태가
이상해….

어쩐지 기분이
안 좋은데….

뭘 그렇게
멍하니 걷고 있냐?

?

숨을…

안 쉬어….

대체 뭘
어쩐 건데!

난 그냥
살짝
치기만…!

야!
거기 뭐야!

선생님!

준오가…

아…

준오야…

으…

뭐야, 너…

뭐냐고!

이 녀석들 떼어 놔!

으….

콜록!

으으…!

헉, 허억….

복도에서 이게 뭐 하는 짓이야! 교무실로 따라와!

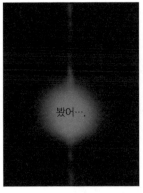

봤어….

그거 빈 몸이구나….

그거 빈 몸이구나.

어떻게
들어간 거야?

어떻게
들어간 거지?

이건 내 몸이야.

이제
내 거라고…!

갖고 싶다….

나도 몸이
갖고 싶어….

거기 쭈그려 앉은 놈!
빨리 안 따라오냐, 엉?

남자애들이 원래
장난도 격하게 치긴 하는데,
준오가 그런 식으로 행동하는 건
처음 봐서요.

요즘 행동 조절이 잘 안 되고
충동적이니 가정에서
지도 좀 부탁드립니다.

잘 얘기해 볼게요.
선생님께서도 많이
신경 써 주세요.

하아…

탁

김 선생님,
무슨 일 있으세요?

둘째네 학교에서
문제가 좀 있었다고
전화가 왔네….

얼마 전에
퇴원했다는 애요?

너무 신경 쓰지 마세요.
사고 치면서 크는 거죠.
선생님 댁 애들이 너무
얌전한 편이었다니까.

하긴…

건강하기만 하면
더 바랄 것도 없겠어.

오늘 고마웠어.
조심해서 가!

오냐~.

나도 저녁
잘 먹었어.
빠이~!

그새 어두워졌네.
잠깐 준오 만나 볼까 했는데.

만나서
뭐라고 하지?
네 죽음이
나랑 관계있냐고?

그래서 나한테
죽은 이유를
찾아 달라
한 거냐고?

업보가 아가씨의
뒤를 쫓는 겁니다.

준오 너…

여기서
뭐 하는 거야?

설마 또 기다리고
있었던 건 아니지?

따닥

었어….

들

었어

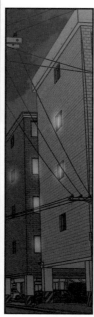

왠지
몸이 이상한데….

설마…

그 자식 때문인가?

여기서 왜 이러고
있어?

준오…

호신부는?

…가방에.

날 쫓아왔어.
들어갈 수 있는 빈 몸이
필요하다고….

대체 뭐야?
저런 게 왜 날
쫓아와?

누나가 아니라 날 찾는 거야.
계속 같이 있었으니까
기척이 비슷한 모양이네.

어차피
산 사람한텐
영향 없으니까
걱정할 거 없어.

걱정할 거
없다고?

저게?

걱정하지 마.

누난
내가 지켜 줄게.

누나도 날 도와준다고
했으니까.

깍…

천도하려면
내 도움이
필요하다고
했었지.

얘가 내 업보라고 해도,
얘도 내가 없으면 안 되는 거야.

일일이 챙길 수도
없다고요.

걱정 좀 그만해요.
어련히 알아서 오겠지.
어린애도 아니고.

그래도 오늘은 학교에서
안 좋은 일도
있었대고⋯.

아, 알았어요.
전화해 볼게요.

아, 진짜⋯.

⋯지금 문 앞에
있는데요?

그러니?

엄마 요새 너무
과민하다니까.

두, 둘이

비슷한 냄새가 나서
차차차착각했어.

저쪽이 아니라
이쪽이

빈 몸이었어.

나

나, 나도

모, 몸이

몸이 필요해.

몸이….

사아아..

우리 아들, 늦었네!
엄마 기다리는데
일찍 좀 오지!

들어와, 들어와.
몸은 괜찮니?
저녁은 먹었고?

응.

아주
배부르게
먹었어.

05
모든 시작

다음 뉴스입니다.

등산로를 통해 하교하던 중
실종되었던 고등학생이
변사체로 발견되었습니다.

등산로 샛길에서
실족한 것으로 추정되며,
이에 경찰은…

지잉!

어?
왜 멋대로 TV를 꺼?

윙으응...

저 뉴스…,
실종 학생이
도현이 네 학교 애
아니었니?

맞아.

잘 아는 애는
아니지만….

인문/한국사

타악

휴.

웬 역사책?
한국사 신청했어?

아니.

그냥 내가
관심 있어서.

그날 이후로

이상한 일이 일어나는 게
준오 때문이라면,
원하는 대로 해 주는 게
빨리 편해지는
방법이겠지…?

누나가 알아서
찾아야 한다고 했잖아.
난 몰라.

네가 누군지 정도는
알아야 찾지!

몰라.

죽기 전에 있었던
일이라든가.

몰라.

대체 뭘 어떻게
찾아 달란 거야….

하지만…

누나에 관한 건 기억 나.

대가야에서 왔었지.

아… 정말!

책 뒤져 본다고 뭐가 나오겠어? 대가야에서 왔는데, 뭐!

도와달래 놓고 비협조적인 거 여간하네, 정말!

협박했다가 지켜 준댔다가

태도가 왔다 갔다 하는 것도 미심쩍고

나한테 이런 일이 생기는 것도 너무 싫고….

싫다, 정말. 피곤해….

툭

괜찮아?
어디 아파?

민오야….

그러고 보면

아픈 거 아냐.
괜찮아.

혹시 뭐 안 좋은 일
있는 건 아니고?

민오는 그런
준오가
동생이잖아.

요즘 안색이 계속
안 좋던데.

민오는 괜찮은 걸까.

아무 일도
없어.

이게 뭐야?

네가 기억한다는 그 시대 관련 책!
읽다 보면 뭐 기억날지도
모르니까.

흐음.

별로 효과 없을 거 같은데.
그냥 우리가 같이 있다 보면
생각나지 않을까?

밑도 끝도 없이 같이 있기만 해서
뭘 알 수 있다고.

같이 있어 봐야
이상한 일만
생길 거 같고.

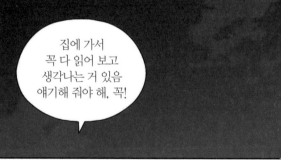

집에 가서
꼭 다 읽어 보고
생각나는 거 있음
얘기해 줘야 해, 꼭!

211

용건 끝나니
빨리도 쫓아내는군.

같이 있을 시간이 생겨야
기회를 엿볼 수 있을 텐데.

어떻게 해야…

나를 좀 의지할까?

562년

해 떨어지기 전에
슬슬 내려갈까.

부스럭

…

216

이것 참,

커다란
산짐승이로구나.

죄송합니다, 나으리.
제대로 알아보지도
않고….

됐다.
놀랄 만도 하지.
맹수가
아닌 게 어딘가.

그런데
이상한 일이로군.

푸욱

이 산허리 아래엔
소리부 어르신의
약초밭밖에 없을 텐데,

그분이
가야인 노비를
들이셨단 얘기는
들어 본 적이
없거든.

!

이타!

어때? 약초 찾았어?
내가 말한 위치에
있었지?

찾기 했는데,
그게….

터엉—

그걸 다
빼앗아 갔다고?!

그거 좀 나눠 준다고
굶어 죽는대?!

미안해.

됐다, 됐어.

괜히 도둑질해서
큰일 날 뻔했구나.

누가 좋아라
훔치겠어!

갈수록 물건을 바꿔 주는
사람이 없으니까 이러지!

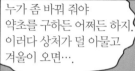

누가 좀 바꿔 줘야
약초를 구하든 어쩌든 하지.
이러다 상처가 덜 아물고
겨울이 오면….

연조야…

엄만 괜찮을 거야.
걱정 말고, 응?

끼익…

저, 그래도
그 나으리께서
잡으신 토끼는
제가 가지고 왔어요.

그거
다행이로구나!

곤궁한 가을이었다.

가진 것이라곤
씨앗 한 톨 심겨 있지 않은
척박한 땅이요,

건강한 사람들은
모두 제 살길 찾아 떠나고
남은 자들은 병들고 다치거나

가족 잃고
의지할 데 없는
사람들뿐.

비축해 둔 식량은
모두 대가야 땅에서 빼앗겼는데도

겨울은 어느덧 성큼 다가오고 있었다.

이번엔 연조 네가
가 보겠다니…,
약초 말이야?

아주머니가 이제
하지 말라셨잖아.

안 들키면 돼!

보리를 잔뜩 들고 가도
가야인은 안 된다고 약초로
안 바꿔 준단 말이야!

이타도 우리 엄마
상처 봤잖아!

겨울이 오면 못
걸을지도 몰라….

…알았어.
그럼 오늘은 내가
집안일 볼게.

정말?!

대신 한군데에서만 캐지 말고
여기저기 옮겨 다녀야 해.
산중턱에 약초밭이 여러 개
있댔어.

그리고 만약에
들키면….

알았어!

들키면?

…들키지 마.

이타도
딱 걸려 놓곤.

그러니까
들키지 마.

좋아!
안 들키고
다녀올게!

네 발목에
쓸 것도 갖고
올 테니까
쉬엄쉬엄해!

아무 일도
없어야
하는데….

야!

이쪽이야,
이쪽!

이쪽으로
가면….

아!!

응?

동제 놈,
가야인하고
닿았어!

웩!

안 닿았어!

병 옮는다,
도망치자!

도망치자,
도망!

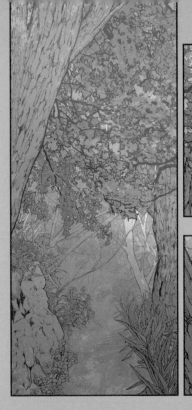

오?

또 찾았다!

얼른 캐고
내려가야지.

짜박

너구나?

어제도 약초밭
망쳐 놓은 게.

왁

으앙~!

어디서 투정이야!
그렇게 엄마가
그쪽으로
가지 말랬지!

아파!

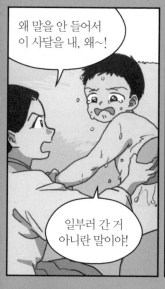

왜 말을 안 들어서
이 사달을 내, 왜~!

일부러 간 거
아니란 말이야!

아까 부딪힌
애잖아?

너 때문에
못 살아!

가야인한테
병이라도 옮으면
어쩔 거야!

병이 옮다뇨?

지금 그게
무슨 말이에요?

가자,
동제야!

확

엄, 엄마!
나 옷….

추워!

229

어떤 여편네가
그런 소리를 해?!

감나무 집에
말득이란 사람이
가야인 병에 걸렸단
소문이 있나 봐요.

요즘 물건 구하기
어려워진 게
그 소문 때문 아닐까요?

감나무 집
말득이랬지?

네.

직접 가서 살펴볼란다.
보기라도 해야
그게 무슨 병인지
알 것 아니냐.

아.

연조는 지금
뭐 하냐?

잠깐 산에요.

그럼 네가 저 양반
뒤 좀 따라가라.
워낙 성격이 불 같으니….

그리고 보니

요즘 신라 사람들이
외출을 삼가기는
하는구나….

이 근처
감나무 집이라면
여기 맞지?

네.

누가 먼저
와 있는 모양이다.

그럼 앞으로도
잘 부탁하겠네.

아이고,
물론입죠!

뭐든 더 시킬 일이
있으시면 얼마든지
말씀해 주십시오!

환자는
안 보이는 것
같은데?

….

그럼 이만 가 보지.
또 봅세.

살펴 가십시오,
나으리.

저 사람,
낯이 익네….

이랴!

하암~,
날씨 좋구만.

…집을
잘못 찾아온
거 아닐까요?

보시오!
여기가 말득이라는
사람 댁 맞소?

…뉘시오?

여쭐 게
있어서 왔소.
얼굴 좀 봅시다!

뉘시길래….

댁이 말득이오?

그렇소만….

뭔진 몰라도 짧게 합시다. 내가 몸이 영 좋질 못해서….

좀 전에 귀족 앞에서 파리처럼 빌빌댈 땐 멀쩡해 보이더니만

사람이 찾아오니까 아픈 행세를 하며 기어 나와?

아저씨, 안 돼요!

이 자식이!

일을 번거롭게
처리하는군.
좀 더 쉬운 길이
있을 것인데.

그래,
일은 잘 되어 가는가?

시종을 변복시켜
보내 두었으니 곧 전갈이
올 겁니다.

일은 크게
벌이지 않는 것이
좋지요.

나으리!

…

도하 네가 어제 보았다던 도둑이 이 계집이 맞느냐?

하지만 이 계집이 훔친 약초가 어제 그 약초와 같은….

그만두어라!

아닙니다. 제가 본 것은 어린 사내아이였습니다.

도둑질로 잡혀 온 계집인들, 감히 어느 안전이라고 함부로 손찌검을 하느냐!

하지만…!

됐다.
도둑이 잡히지 않았다면
자기가 문책을 당했을 테니
저러는 거지.

그래서
약초를 훔치려 든 것은
사실이렷다?

어떤 연유로
너처럼 어린 계집이
그런 망발을 저질렀단
말이냐?

나으리…

소녀의 어미가 다리를
다쳤는데 보름째 상처가
낫지 않고 있습니다!
좀처럼 약초를 구할 수 없어,
그만 급한 마음에…

너그럽게 살펴 주소서!

그것 참
사정이 딱하기는
하구나.

그래서 대가야 땅에서는 부모를 위해서라면 도적질이 용서되느냐?

딱하지 않을 백성이 없을진대, 어찌 네 사정만 굽어살필까!

흑

소녀가 산의 사정을 잘 몰라서….

죽을죄를 지었습니다!

이 계집을 구금하라!

사찰에 올릴 약초에 손을 댔으니, 죄를 물어 사찰에 변제해야 할 것이다!

나으리….

잘못했습니다, 나으리!

나으리!

어이쿠!

쿠당탕

다, 다짜고짜
이게 무슨 짓이오!

어디 집안
좀 봅시다.

역시 다른 병자는
코빼기도
안 보이는군!

가야인에게
병이 옮았다는
헛소리를 지껄이고
다니는 게 댁 맞지?

헛소리라니,
아까부터 대체
무슨 소리요?

아저씨!

이제
그만하세요!

헛소리가 아니면!
무슨 놈의 병자가
그리 아프다
멀쩡했다 합니까?

더 이상 소란 피우지
않는 게 좋을 것 같아요!

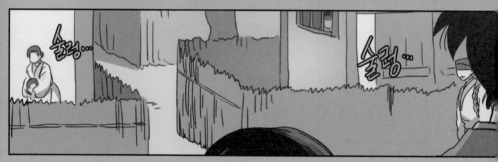

슬금...

슬금...

이 자식이 거짓말하는 게 빤히 보이는데 어찌 가만두고 보란 말이야!

대체 왜 이러는 거요, 왜!

우리한테 무슨 억하심정이 있어서!

내, 내가 그런 거짓말을 해서 얻는 게 뭐가 있다고 거짓말을 하겠소!

병에 걸려 아픈 것도 억울한데 날더러 거짓말이나 한다니!

아이고, 동네 사람들!!

저, 저, 저…!

아저씨!

이제 그만하고 돌아가요!

저기, 저 말씨 이상한 사람들이 가야인이오? 말득 아저씨.

사다함랑께서 여기서 살 수 있도록 선처해 주셨으면 얌전히 있을 것이지, 행패를 부려?

이 분수도, 은혜도 모르는 것들!

저 새파랗게 어린 놈이 지금 뭐라고…!

가자니까요!

남의 마을
들쑤셔 놓고
돌아가가면
다야!

얼른….

익!

이타야!

괜찮냐?
안 다쳤고?

그 나이 먹고 어린애들이랑 실랑이라니!

그러게 왜 가서 시비를 걸고 그래요, 시비를!

글쎄 시비 건 게 아니라 신라 놈들이….

신라인이 어쨌건 오해가 있으면 말로 풀어야지!

가뜩이나 먹고살기 힘든데 어쩔 거예요!

그래도 우리가 이타도 딸려 보냈으니 망정이지….

아예 못 가게 막았어야죠!

이젠 병 옮기는 걸로 모자라서 쌈박질까지 하고 다닌다고 할 거 아녜요!

연조 이 지지배는
또 왜 아직
안 들어와, 정말!

자, 자,
진정합시다.

진정하게
생겼어요?!

많이 부었네….
연조가 약초를 넉넉하게
구해 와야 할 텐데.

응?

아까는 아무도 없더니,
웬일로 이렇게 많이들
나와 있지?

또 가야인이래요.

아까는 병든 사람 집에 쳐들어가서 행패를 부리더니, 이번에는 봉납될 약초를 훔쳤다고….

!

연조…!

흘쩍 흘쩍

이타….

절뚝 절뚝

자, 잠깐…!

249

잠깐만 기다려 주십시오, 나으리!

절뚝…

펄쩍

저 계집은…

이 무슨 무례한 짓이냐, 비키거라!

감히 나으리의 앞길을
막다니 죽을 죄임은
알고 있나이다.

허나 부디
한 가지만 청할 수 있게
하소서!

스스로 죄를 안다니
추궁하지는 않으마.

허나 청할 것이 있다면
내가 아니라 관아에
해야 할 것이다.

지금 나으리께서
들어주셔야 하는
청입니다.

일 없다.
가자!

네!

신라의 귀족들은
의리가 있어 불의를
넘기지 아니하고,

다각···

…모름지기,

다각
다각

아랫사람을 돌봄에
모자람이 없노라
들었습니다.

···.

근래에 가야인들이
병을 옮긴다는 둥
흉흉한 소문이 돌아
먹고살기 편치 않으니,

비록 도적질을 한
계집이나
처벌에 있어 그 배경을
헤아려 주소서!

네 이름이
무엇이냐?

이타라 합니다.

사다함이
놓아준 포로 중
하나렷다?

그렇습니다.

네 의중은 잘 알았으나
죄의 배경을 살피는 것도
관리의 일이지
한낱 계집이 함부로
언질할 일이 아니다!

쓸모없는 노파심으로
불경을 저질렀나이다.

…이만 가지.

탁

…

가야인들이 역병에 걸렸다니, 그게 무슨 소리야?

포로는 우리가 수송해 왔다고. 역병에 걸린 자를 데리고 올 리 없잖아.

사다함

그야 그렇겠지만… 그냥 소문이 그렇더라고, 소문이.

무관

말도 안 되는 음해야!

가뜩이나 가여운 자들인데 너까지 소문에 편승하지 마.

알았어.

글쎄, 그건 소문일지 몰라도…

딸랑

가야인들이 병자를 폭행하고 도둑질을 하다가 잡힌 건 틀림없는 사실이던데?

미도….

더구나 그 도둑은 훔치던 중에 우리 산지기한테 딱 걸렸거든.

사량부 사찰로 보낼 물건이었는데, 마침 사량부 파진찬께서 와 계셔서 바로 수송해 가셨지.

도하 형님이…

그래서 무슨 말이 하고 싶은 거야?

네가 놓아준 사람들이 그런 무뢰배인 걸 알면,

널 따르는 낭도들이 어떻게 생각할지 그냥 궁금해서 말이야.

신국의 사람들도 도적질을 하고 싸움도 해. 무리 중 일부가 죄를 지었다고 그들 모두가 무뢰한인 건 아니지.

그래, 지금은 그렇게 생각하시겠지.

화랑이라고 다 성품이 곧은 것도 아니니 말이야!

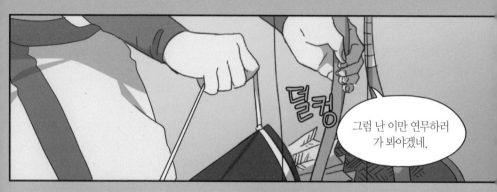

그럼 난 이만 연무하러 가 봐야겠네.

나중에 어떻게 될지 보자고.

재수 없는 놈.

아무래도…
한번 살펴보러 가는 게 좋겠어.

오셨습니까, 나으리!

오냐.

타닥

그럼 저녁상 올릴까요?

됐다, 오늘은 생각이 없구나.

꾸벅...

독사 같은 늙은이
비위 맞추기
참 힘들군….

후….

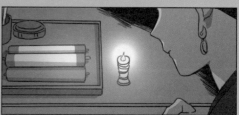

대가야의 왕족들은
괜히 뿔뿔이 북으로
쫓아냈겠소?

그래, 분명…

대가야의 왕족은 물론이고
귀족들도 모두
북방으로 쫓아냈을 터.

그런데 그 계집은…

비록 도적질을 한 계집이나,
처벌에 있어 그 배경을 헤아려
주소서!

일개 백성이라면
영특할 수 있을지언정
그리 당당할 수는
없지 않은가!

그 독사 같은 영감이
알게 되면 목숨 부지하기
어려울 테니, 일단
모르는 척할까?

부디 이번에는
모처럼 준 기회를
버리지 않길.

하여튼 이 지지배들 어디로 간 거야….

연조야!

이타야!

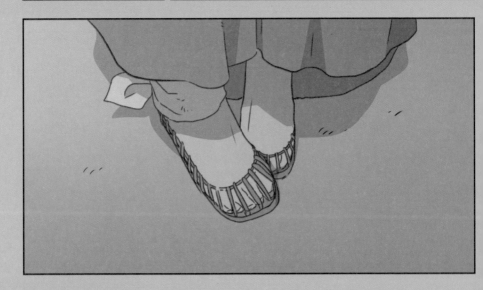

붙잡았어야 했는데….

가면 안 된다고 했어야 했는데!

미안해, 연조.

내가 운이 좋았던 건지 모르고, 너도 무사할 줄만 알았어.

깨아악

절대 이대로 내버려 두지 않을 거야.

절대로…

타악…

…

삐걱

〈낮에 뜨는 달〉 2권으로 이어집니다.

낮에 뜨는 달 1

1판 1쇄 발행 2017년 7월 14일
2판 5쇄 발행 2024년 2월 7일

지은이 혜윰
펴낸이 김영곤
펴낸곳 ㈜북이십일 아르테팝
미디어사업팀 팀장 배성원
책임편집 유현기
외주편집 윤효정 **표지디자인** 디헌 **내지디자인** 데시그
출판마케팅영업 본부장 한충희 **마케팅1팀** 남정한 한경화 김신우 강효원
제작팀 이영민 권경민 **출판영업팀** 최명열 김다운 김도연 권채영

출판등록 2000년 5월 6일 제406-2003-061호
주소 (10881)경기도 파주시 회동길 201(문발동)
대표전화 031-955-2100 **이메일** book21@book21.co.kr **내용문의** 031-955-2731

(주)북이십일 경계를 허무는 콘텐츠 리더

아르테팝 채널에서 도서 정보와 다양한 영상자료, 이벤트를 만나세요!
페이스북 facebook.com/21artepop   트위터 twitter.com/21artepop
인스타그램 instagram.com/21artepop   홈페이지 artepop.book21.com

ISBN 978-89-509-9422-8 (1권)
ISBN 979-11-7117-196-5 (SET)